Was bleibt, ist die Zeit

Ein berührendes Buch über das Vergehen, das Erinnern und die Kunst, im Moment zu leben

von Hans J. Hahn

Vorwort

Zeit.
Ein Wort, das so klein klingt und doch unser ganzes Leben umfasst.
Wir leben in ihr, rennen ihr hinterher, wünschen uns manchmal, sie möge stehen bleiben oder schneller vergehen. Und oft begreifen wir erst spät, dass sie das Kostbarste ist, was wir besitzen.

Ich habe dieses Buch begonnen, weil ich über Zeit nachdenken wollte. Über das, was war. Über das, was bleibt. Und über das, was vielleicht niemals zurückkommt. Als Mensch, als Ehemann, als Vater von drei Katzen, als Beobachter eines Lebens, das im Rückspiegel reich ist an Erinnerungen und voll Hoffnung in die Zukunft blickt.

Es ist kein Lehrbuch, kein philosophisches Werk, kein Ratgeber. Es ist ein Versuch.
Ein Versuch, etwas Unfassbares zu greifen und

dabei vielleicht ein wenig besser zu verstehen, wie wir leben. Und warum uns manche Momente ewig erscheinen, während andere spurlos verschwinden.

Wenn Sie dieses Buch lesen, wünsche ich Ihnen Zeit.
Nicht nur zum Lesen.
Sondern zum Spüren, Erinnern, Träumen und vielleicht auch zum Innehalten.

Hans J. Hahn

Inhaltsverzeichnis

Kapitel 1

Geborgte Sekunden – Warum wir immer zu wenig Zeit haben

Manchmal wache ich morgens auf und frage mich,
wohin die letzte Woche verschwunden ist.
Oder der letzte Monat. Oder das halbe Jahr.
Es ist, als hätte die Zeit einen Gang zugelegt,
während ich noch mit dem Zähneputzen beschäftigt war.

Wir leben in einer Welt, die uns weismacht, wir könnten alles haben wenn wir uns nur gut genug organisieren.
Zeitmanagement, Effizienzsteigerung, Multitasking.
Es gibt Kalender-Apps, die uns optimieren wollen,
Erinnerungs-Apps, die uns antreiben,
und Uhren, die uns an die Vergänglichkeit jeder Minute erinnern mit jeder digitalen Zahl, die umspringt.
Und doch bleibt das Gefühl:
Es reicht nie.

Wir rennen von Termin zu Termin,
als müssten wir die Zeit überlisten.
Als ließe sich mit ein bisschen Disziplin mehr aus ihr herausholen.

Dabei wird aus dem Morgen schnell der Abend,
aus dem Montag der Freitag,
und aus dem Frühling ein Herbst,
ohne dass wir begriffen hätten, was dazwischen eigentlich passiert ist.

Was ist das für ein seltsames Phänomen,
dass wir in einer Zeit leben, in der wir mehr technische Hilfsmittel denn je haben und dennoch ständig das Gefühl, hinterherzuhinken?

Die Wahrheit ist: Zeit lässt sich nicht besitzen.
Sie lässt sich nicht sparen, nicht zurückholen, nicht auf Vorrat lagern.
Wir können sie nur erleben.
Und darin liegt ihr größtes Paradox:
Je mehr wir versuchen, sie zu kontrollieren, desto mehr entgleitet sie uns.

Wir sprechen oft von „Zeit haben",
als wäre sie ein Gegenstand.
Doch Zeit ist kein Besitz, sondern ein Strom, der uns mitreißt.
Wir sind nicht ihre Herren wir sind ihre Passagiere.

Vielleicht liegt genau darin der Schlüssel:

Nicht mehr alles schaffen zu wollen,
sondern wieder zu spüren, was zählt.

Nicht jede Minute zu füllen,
sondern manchen Minuten wieder Raum zu geben.

Wie viel Zeit haben wir noch das wissen wir nicht.
Aber wir können entscheiden,
wie wir die Minuten gestalten,
die uns heute geschenkt werden.

Vielleicht beginnt alles mit einem kleinen Schritt:
dem Innehalten.

Einer bewussten Pause.
Einer Tasse Kaffee am offenen Fenster.
Dem Blick in den Himmel, ohne Eile, ohne Ziel.
Dem ehrlichen Gespräch, das nicht zwischen zwei Terminen gequetscht ist.

Geborgte Sekunden nennt man so etwas.
Kleine Momente, die uns nicht gehören und die doch plötzlich das berühren.

Vielleicht ist es genau das, was uns fehlt:
nicht mehr Zeit sondern bewusst gelebte Zeit.

Kapitel 2

Die vermessene Zeit – Vom Kalender bis zur Smartwatch

Wir haben sie in Zahlen gepresst,
in Stunden eingeteilt,
in Apps verpackt.
Wir tragen sie am Handgelenk,
auf dem Smartphone,
im Blick.

Wir haben die Zeit zu etwas gemacht, das wir verwalten, planen, maximieren können.
Doch dabei haben wir vielleicht vergessen, was sie wirklich ist:
ein Fluss, kein Raster.

Es beginnt schon sehr früh.
Schon in der Schulzeit lernen wir: Zeit ist getaktet.
45 Minuten Mathe.
10 Minuten Pause.
6 Schulstunden.
1 Zeugnis.

Wir werden programmiert auf Leistung pro Stunde, Bewertung pro Halbjahr.
Der Tag wird zur Einheit,
die Woche zum Taktgeber,
das Jahr zur Bilanz.
Schrecklich, oder?

Später dann:
Termine, Meetings, Deadlines.
Das Smartphone wird zur Kommandozentrale unseres Lebens.

Frei ist nur,
wer „noch was frei hat".
Läuft in unserer Praxis nicht anders ein Leben im 30-Minuten-Takt!

Und wer nichts plant,
hat angeblich den Überblick verloren.

Unsere Smartwatches zählen unsere Schritte,
analysieren unseren Schlaf,
warnen uns vor Bewegungsmangel.
Sie sagen uns, wann wir uns entspannen sollen und
wie lange.
Wir lassen uns von Uhren sagen, wann wir aufhören
zu hetzen.

Wie verrückt ist das bitte?

Wir haben die Zeit so sehr vermessen,
dass wir vergessen haben,
was sie mit uns macht.
Der Takt bestimmt uns nicht wir den Takt.

Und während wir minutiös planen,
verlernen wir das Sein.

Genau aus diesem Grund haben wir den Schritt
getan,
unsere Smartwatches abzuschaffen welch ein
zeitvolles und beruhigendes Gefühl.
Können wir nur sehr empfehlen.

Die Natur kennt keine Kalender.
Der Baum weiß nicht, dass April ist die Knospen
kommen, wenn es soweit ist.
Der Fluss fragt nicht nach der Uhrzeit er fließt, weil
es seine Natur ist.

Der Mensch aber lebt gegen seinen inneren
Rhythmus.

Wir stehen auf, wenn es der Wecker sagt nicht, wenn unser Körper bereit ist.
Wir essen, wenn die Mittagspause ruft nicht, wenn wir wirklich Hunger spüren.
Und wir schlafen ein mit Gedanken an morgen statt mit Frieden über heute.

Die Zeit, die wir so exakt zu beherrschen glauben, hat sich von unserem Leben entfernt.
Sie ist eine Zahl geworden.
Eine Zeile im Outlook-Kalender.
Ein roter Kreis um einen Tag im Wandplaner.
Ein Ping am Bildschirmrand.

Doch die wahre Zeit die, die wir fühlen, die uns prägt ist keine digitale Zahl.

Sie ist das Herzklopfen, wenn wir verliebt sind.
Der Kloß im Hals bei einem Abschied.
Das warme Licht am Abend, das die Küche vergoldet.
Die stille Minute am Grab eines Menschen, den wir nie vergessen.Die vermessene Zeit mag uns helfen, Termine einzuhalten.
Aber das Leben das echte, gelebte Leben kennt keine Taktung. Es geschieht in Augenblicken, nicht in Minuten.
In Erfahrungen, nicht in Stunden. Vielleicht müssen wir die Zeit nicht besser organisieren, sondern uns selbst wieder in der Zeit finden.
Nicht über, nicht gegen sondern mit ihr.

Kapitel 3

Im Rhythmus des Lebens – Die Zeit als innerer Taktgeber

Es gibt eine Zeit, die kein Kalender kennt und keine Uhr misst.
Es ist die Zeit, die in uns schlägt.
Unser innerer Takt.
Der Rhythmus des Lebens.

Bevor wir die Zeit zählen konnten, haben wir sie gespürt.
Im Wechsel der Jahreszeiten.
Im Licht des Morgens.
Im Ziehen der Müdigkeit in unseren Gliedern.

Schon als Kinder leben wir nach einem Takt,
der nichts von Effizienz versteht.
Wir spielen, solange es uns erfüllt.
Wir schlafen, wenn der Körper schwer wird.
Wir essen, wenn der Bauch ruft.
Und wir weinen, wenn das Herz es braucht.

Dann wird man älter und dieser innere Rhythmus beginnt zu stolpern.

Nicht, weil er falsch geworden ist,
sondern weil wir ihn übertönen.
Mit Pflichten.
Erwartungen.
Zeitplänen.

Aber der Körper erinnert sich.
Er ist der einzige Ort, an dem Zeit wirklich gespeichert wird.

Schlafmangel, Stress, Ungeduld all das hinterlässt Spuren.
In der Haltung.
Im Blick.
Im Herzschlag.

Der Körper kennt keinen Kalender.
Aber er merkt, wenn du dich nicht mehr spürst.

In der Natur ist Rhythmus alles.
Die Gezeiten kommen und gehen.
Die Vögel ziehen, wenn es Zeit ist.
Blumen schließen sich bei Nacht.
Bäume werfen ihr Laub ab, wenn der Winter naht sie verschwenden keine Energie für das, was gerade nicht trägt.

Und wir Menschen?
Wir kämpfen.
Gegen Müdigkeit.
Gegen das Alter.
Gegen Stille.

Wir funktionieren auch wenn unser innerer Takt längst nach Pause ruft.

Doch manchmal,
wenn wir rausgehen,
spüren wir ihn wieder.
Beim Wandern.
Beim Musikhören.
Im Takt eines gleichmäßigen Atems.
Im Rauschen des Windes.
Im Blick in das Gesicht eines geliebten Menschen,
der nichts sagt aber alles meint.

Es gibt Zeiten im Leben, da fließt alles.
Die Gedanken.
Die Bewegungen.
Die Worte.

Da ist kein Widerstand, kein Druck.
Nur dieser Flow, wie man ihn nennt und vielleicht ist es nichts anderes als der Moment,
in dem wir mit unserem inneren Takt im Einklang sind.

Was wäre, wenn wir uns wieder trauen würden,
nach unserem Rhythmus zu leben?

Nicht getrieben von Außen sondern geführt von Innen?

Vielleicht würden wir dann:

länger schlafen, aber tiefer träumen.
langsamer essen, aber mehr schmecken.
weniger reden, aber mehr verstehen.
weniger schaffen, aber mehr erleben.

Im Rhythmus des Lebens liegt eine Weisheit, die keine Uhr kennt.
Sie kennt nur den Moment und das Vertrauen, dass nach jedem Winter ein Frühling kommt ganz ohne, dass wir daran erinnern müssen.

Kapitel 4

Zwischen den Jahren – Die Zeit dazwischen

Es gibt eine Zeit, die keinem richtig gehört.
Weder dem Alten noch dem Neuen.
Eine graue, stille Schleife zwischen den Jahren.
Ein Schwebezustand.
Ein Niemandsland des Kalenders und vielleicht gerade deshalb so besonders.

Zwischen Weihnachten und Neujahr,
wenn die Tage seltsam leise sind,
die Mails seltener,
die Straßen leerer,
und selbst das Tageslicht scheint,
als würde es nicht mehr genau wissen, wohin es gehört.

Es ist die Zeit, in der wir spät frühstücken,
lange spazieren gehen,
alte Filme anschauen,
die schon Staub auf der Hülle tragen,
und das Gefühl haben,
dass die Welt kurz innehält.

„Zwischen den Jahren“ das klingt nach Stillstand.
Aber es ist vielmehr ein Zwischenraum.
Ein Ort, an dem wir loslassen dürfen,
ohne schon greifen zu müssen.

Ein Luftholen nach einem langen Lauf.
Ein Moment, in dem wir rückwärts und vorwärts schauen dürfen ohne sofort handeln zu müssen.

Die Erinnerungen des alten Jahres liegen noch warm in uns.
Die Hoffnungen des neuen noch vorsichtig verpackt.
Und wir stehen mittendrin ein wenig müde,
ein wenig nachdenklich,
ein wenig weise vielleicht.

Früher war diese Zeit meine liebste. Kein Druck. Kein Plan. Nur Nachklang und Vorahnung. Ich saß oft einfach da. Mit einem Notizbuch,
einem Glas Wein, und einem Lied, das leise im Hintergrund lief.

Ich dachte nach über das, was war: Wen ich vermisst habe.
Was mir geglückt ist. Wo ich mich selbst verloren und vielleicht wiedergefunden habe und dann, ganz

vorsichtig, dachte ich auch nach vorn. Nicht mit Vorsätzen. Nicht mit Listen. Sondern mit Fragen:

Wer möchte ich sein? Was will ich bewahren? Was darf gehen?

Zwischen den Jahren spüren wir, wie wertvoll Zeit wirklich ist.
Weil wir ihr in diesen Tagen begegnen, nicht als Struktur sondern als Raum. Ein Raum, den wir nicht füllen müssen.
Ein Raum, in dem sogar Leere ihren Sinn hat.
Vielleicht brauchen wir mehr davon. Nicht nur einmal im Jahr. Sondern regelmäßig: Zeiten dazwischen Zeiten, in denen wir nicht funktionieren. Nicht liefern, Nicht rennen, Sondern stehen. Hören. Fühlen. Sortieren.

Denn zwischen den Jahren liegt etwas, das wir im Alltag oft verlieren:
Zärtlichkeit mit uns selbst. Ein sanfter Blick auf unser Innen. Ein liebevolles Zunicken an das vergangene Ich und ein vorsichtiges Lächeln für das Kommende.
Vielleicht ist es das, was uns diese Zwischenzeit lehrt: Du musst nicht immer neu anfangen.
Manchmal reicht es, einfach weiterzugehen aber bewusster. Wärmer. Weicher.

Kapitel 5

Stillstand – Wenn Zeit gefühlt stehen bleibt

Es gibt diese Augenblicke, in denen sich alles verlangsamt.
Die Welt scheint den Atem anzuhalten.
Die Geräusche werden dumpf, die Gedanken klar oder verschwimmen ganz. Ein Moment, in dem nichts mehr fließt, sondern steht. Stillstand.
Jeder von uns hat das schon erlebt. Der eine früher, der andere später.
Nicht als Scheitern. Nicht als Leere. Sondern als eine Art heiliges Vakuum. Ein Zwischenraum zwischen dem, was war und dem, was kommen wird.

Ein Krankenhausflur um vier Uhr morgens. Ein letzter Blick. Eine Diagnose. Eine Geburt.
Ein Lied, das einen mitten ins Herz trifft.
Ein Kuss, nach dem nichts mehr ist wie zuvor.

In solchen Momenten verliert Zeit ihre Struktur.
Sie dehnt sich.
Oder sie zieht sich zusammen zu einem einzigen, dichten Punkt,
in dem sich alles bündelt:
Angst, Hoffnung, Schmerz, Liebe, Verlust.

Wir reden oft von „einem Schock“, wenn die Zeit stillsteht. Doch nicht jeder Stillstand ist traumatisch.
Manche sind tief. Leise. Fast poetisch.

Wenn du an einem See stehst, der sich nicht rührt.
Wenn du den ersten Schnee fallen siehst und alles verstummt.
Wenn ein Mensch in deinem Arm liegt und für einen Atemzug lang ist da nichts außer diesem Moment
Oder ganz einfach im Garten auf einer Bank sitzen,

einen Becher Kaffee in der Hand und über die Hecke in die Ferne schauen.

Das sind Zeit-Inseln. Frei von Eile. Frei von Richtung. Oft voller Bedeutung. Stillstand ist auch Teil jeder Heilung. Der Körper heilt nicht in Hektik, sondern in Ruhe. Auch die Seele. Doch wir fürchten ihn.
Weil er uns ausbremst. Weil er uns zwingt, hinzusehen.Weil er uns nichts tun lässt, außer fühlen.
Aber vielleicht brauchen wir mehr Mut zum Stillstand.
Denn darin liegt Tiefe. Darin liegt Wahrheit. Und vielleicht sogar Sinn. Ganz bestimmt aber: Seelenheil.

In der Musik ist die Pause kein Mangel, sie macht die Melodie.
In der Natur ist der Winter kein Fehler, er ist Vorbereitung auf neues Leben.
Und im Leben sind es oft genau diese Momente,
in denen Zeit stillsteht,
die uns am meisten formen.

Vielleicht sind sie nicht das Ende, sondern der Anfang von etwas Echtem.

Kapitel 6

Zeit der Stille – Einsamkeit als Spiegel der Seele

Stille ist kein Geräusch. Stille ist ein Zustand und manchmal ist sie laut.

Sie drängt sich auf wie ein leerer Stuhl im Raum.
Sie begleitet uns wie ein Schatten, den wir nicht eingeladen haben.
Sie ist nicht Lärm, aber sie macht sich bemerkbar.
Unüberhörbar, gerade weil sie nichts sagt.

Früher fürchtete ich die Stille.
Sie war mir zu nah.
Zu ehrlich.
Sie zwang mich, mich selbst zu hören, ohne Ablenkung, ohne Fluchtmöglichkeit.

Denn in der Stille meldet sich nicht nur der Atem, sondern auch das, was wir sonst übertönen:
Zweifel. Sehnsucht. Trauer.
Und manchmal: Wahrheit.

Wir leben in einer Zeit, die sich laut fühlt.
Es surrt, es piept, es blinkt.
Wir tragen Geräusche mit uns herum, Podcasts im Ohr, Playlists im Hintergrund,
ein Dauerbeschallungsprogramm gegen das,
was wir ohne Ton vielleicht spüren würden.

Einsamkeit ist heute ein Tabu.
Dabei war sie früher ein Teil des Lebens.
Die Großmutter auf der Bank vorm Haus.
Der Witwer, der allein spazieren ging.
Kinder, die sich selbst beschäftigten, nur mit einem Ast und ihrer Fantasie.

Wir brauchen wieder Räume, in denen nichts geschieht, außer Sein.
Stillsein bzw. Alleinsein.

Nicht, weil wir niemanden haben, sondern weil wir uns selbst begegnen wollen.

Denn in der Stille liegt nicht nur Gefahr.
Sie birgt auch Tiefe und vorallem aber Klarheit.

Ich habe gelernt, der Stille nicht mehr auszuweichen.
Ich setze mich manchmal bewusst ihr aus:
Ohne Musik. Ohne Telefon. Ohne Buch.
Einfach ich. Selten aber immer öfter und es funktioniert.
Mit mir.
Und das ist nicht immer angenehm, aber ehrlich und man kann es lernen.

Denn wer still wird, hört plötzlich mehr:
Den Regen an der Fensterscheibe.
Den eigenen Herzschlag.
Die Gedanken, die sonst untergehen im Alltagsrauschen bzw. Praxisgewusel.

Es gibt zwei Arten von Einsamkeit: Die, die uns traurig macht.
Und die, die uns nährt. Die erste ist Mangel.
Die zweite ist Raum. Raum, in dem wir uns ausbreiten dürfen.
Ohne Erwartungen. Ohne Rollen.Ohne Maske. Die Stille fragt nichts.

Aber sie antwortet, wenn wir zuhören. Sie zeigt uns, wer wir sind,
wenn niemand zuschaut. Was wir brauchen, wenn nichts von außen kommt. Und manchmal offenbart sie etwas Kostbares: Dass wir ganz schön viel in uns tragen. Mehr, als wir dachten.

Vielleicht ist das der Sinn der stillen Zeit:
Nicht, dass sie lautlos ist, sondern dass sie uns lehrt, mit uns selbst Frieden zu schließen.

Und dann, irgendwann,
fühlt sich Stille nicht mehr leer an, sondern voll.
Von uns und das ist ein herrliches Gefühl.

Kapitel 7

Tage, die bleiben – Das Zeitgefühl in der Erinnerung

Es gibt Tage, die sind wie Kiesel im Schuh, haben wir alle schon erlebt und wir merken sie noch lange danach, denn sie tun nur weh.

Und dann gibt es Tage,
die sich einbrennen wie Sonnenstrahlen auf nackter Haut.
Nicht laut.
Nicht spektakulär.
Aber bleibend.

Wir erinnern uns nicht an ganze Jahre.
Wir erinnern uns an Momente.

An ein Lachen in der Küche.
An den Geruch von Sommerregen auf heißem Asphalt.
An ein Lied, das genau im richtigen Augenblick im Radio lief,
als wir dachten, alles sei verloren und plötzlich war da Hoffnung.

Unsere Erinnerung ist kein präziser Zeitstrahl,
sondern eine Collage.
Bunt.
Bruchstückhaft.
Und doch voller Bedeutung.

Warum bleiben manche Tage für immer und andere verschwinden spurlos?

Vielleicht, weil sie mit Gefühl aufgeladen sind.
Weil sie uns etwas gegeben oder genommen haben.
Weil wir uns an diesem Tag gesehen, verstanden

oder verändert haben.
Und manchmal, weil wir zum ersten Mal wirklich da waren.
Im Moment. Ganz im jetzt und hier.

Kindheitstage zum Beispiel, sie ziehen sich wie Kaugummi in unserem Gedächtnis.
Ein Sommertag mit nackten Füßen im Gras.
Das erste Mal Fahrrad ohne Stützräder.
Die kleinen Siege auf dem Spielplatz.

Damals schien ein Nachmittag ewig zu dauern.
Heute rauschen Wochen vorbei wie Werbespots.

Was ist passiert?

Die Antwort ist unbequem:
Wir haben verlernt, den Moment zu fühlen.
Wir sind nicht mehr in der Gegenwart wir sind in To-do-Listen, Kalendern, Planungen.

Unser Gehirn speichert kaum,
was keine Emotion in sich trägt.
Und so verflüchtigen sich Tage,
die zwar „funktioniert“ haben aber nicht gelebt wurden.

Vielleicht ist das der Grund,
warum sich manche Augenblicke unauslöschlich in uns einbrennen:

Sie waren echt.
Ein Blick.
Ein Satz.
Ein Abschied.
Ein Neubeginn.

Die Zeit stand nicht still aber wir standen für einen Moment in ihr.

Manchmal kommt eine Erinnerung wie ein alter Freund,
den man fast vergessen hatte und plötzlich ist alles wieder da.

Der Geruch.
Das Gefühl.
Der Klang der Straße.
Eine Stimme oder nur ein Geräusch.

Und man fragt sich:
Wie konnte ich das je vergessen?

Tage, die bleiben, sind Geschenke.
Sie sind Beweise dafür,
dass es nicht auf Quantität ankommt.
Nicht auf Jahre oder Meilensteine.
Sondern auf die Intensität,
mit der wir einen Tag gelebt haben.

Und vielleicht ist es genau das,
was dieses Buch will:

Dich daran erinnern,
dass jeder Tag einer dieser Tage sein könnte.
Wenn wir es zulassen.
Wenn wir wieder fühlen.
Wenn wir dem Moment die Würde geben, bleiben zu dürfen.

Kapitel 8

Zeit und Verlust – Wenn Momente plötzlich enden

Es gibt Augenblicke, in denen die Zeit nicht einfach weiterläuft.
Sie reißt ab.
Bricht.
Und lässt uns stehen in einem Moment,
der nicht enden will und doch nicht mehr wirklich zur Gegenwart gehört.

Verlust ist so ein Moment.
Er verschiebt alles.

Die Geräusche um uns herum werden dumpf.
Die Gedanken wie in Watte gepackt.
Und die Uhr sie tickt weiter,
aber wir hören sie nicht mehr. Der Tod eines Menschen, den wir lieben.
Ein Abschied, der kam, bevor wir bereit waren.
Oder ein letzter Blick, der sich eingebrannt hat wie ein Foto nur ohne Rand, ohne Rahmen, ohne Schutz.

Plötzlich wird Zeit zu etwas Fremdem.
Sie tut weh.
Sie erinnert.
Sie stellt Fragen, auf die es keine Antworten gibt.
Während die Welt sich weiterdreht, bleibt in uns etwas stehen.

Ich erinnere mich an einen dieser Momente. Ein Gespräch, ein Lächeln, ein letzter Satz. Ich wusste nicht, dass es das letzte Mal war.

Vielleicht ist das das Gemeinste am Verlust:
Dass wir das Letzte oft nicht erkennen, wenn es geschieht.

Diese Erinnerungen sind nicht linear.
Sie sind nicht ordentlich sortiert, nicht beschriftet.
Sie kommen nachts.
Oder an einem banalen Dienstagmorgen,
wenn der Kaffee zu stark ist
und das Licht durch die Jalousien fällt
wie damals im Sommerurlaub.

Und plötzlich ist da wieder jemand. Nicht greifbar. Aber da.

Verlust macht uns empfindsam für Zeit.
Er zeigt uns, wie kostbar jede Begegnung ist und wie

schnell ein „später“
zu einem „nie“ werden kann.

Aber auch das ist wahr: Mit der Zeit verändert sich Trauer. Sie wird leiser. Nicht unbedingt leichter aber sie verliert die scharfen Kanten.

Sie wird zu einem Teil von uns. Zu einem Zimmer, in das wir nicht oft gehen, aber das da ist. Mit alten Möbeln.
Mit Erinnerungen, die stauben und doch warm sind.

Der Mensch, den wir verloren haben, verschwindet nicht.
Er wandert nur an einen anderen Ort in uns.

Und manchmal genügt ein Geruch, ein Lied, ein Wort und wir spüren ihn wieder. Nicht als Schmerz.
Sondern als stille Präsenz.Vielleicht ist es das größte Geschenk, das Zeit uns machen kann:
Dass sie den Verlust nicht ungeschehen, aber erträglicher macht.
Dass sie uns erlaubt, weiterzugehen ohne zu vergessen.

Vielleicht beginnt genau dort das, was bleibt. Nicht in den Fotos.
Nicht in den Daten. Sondern in dem, was wir weitertragen.

In Gesten, die wir übernommen haben. In Worten, die wir weitergeben.
In dem Lächeln, das plötzlich unser eigenes ist obwohl wir wissen, woher wir es haben. Zeit und

Verlust gehören zusammen. Nicht, weil sie sich mögen. Sondern weil sie sich gegenseitig erst begreifbar machen.

Die Zeit heilt nicht alle Wunden. Aber sie gibt uns Raum, mit ihnen zu leben.Und manchmal wenn wir ganz ruhig sind merken wir:

Der Mensch ist nicht gegangen er ist geblieben. In uns.

Kapitel 9

Zeit und Erinnerung in Dingen – Wenn Gegenstände Geschichten erzählen

Manchmal reicht ein einziger Gegenstand und plötzlich steht die Zeit still.

Ein alter Schlüssel, der längst zu keiner Tür mehr passt.
Eine Tasse mit einem Sprung, aber mit der Wärme vieler Morgen.
Ein Brief, vergilbt und eingerissen, aber mit Worten, die auch heute noch ins Herz treffen. Dinge tragen Erinnerung.
Nicht weil sie sprechen, sondern weil wir sie mit Bedeutung gefüllt haben. Ich habe sie in Schubladen gefunden,
in Kisten auf dem Dachboden, in Schachteln, die nach Staub und Vergangenheit riechen.

Und mit jedem Gegenstand kam etwas zurück:
Ein Tag. Ein Mensch. Ein Gefühl.

Da ist der Stuhl in der Küche leicht wackelig,
aber er hat Generationen getragen.
Er knarrt wie früher, wenn jemand sich darauf niederlässt,
und manchmal denke ich: Er merkt sich noch,
wer alles auf ihm gesessen hat. Gegenstände haben keine Seele, sagt man.Aber ich glaube,sie leihen sich manchmal unsere.Sie nehmen auf, was wir fühlen, während wir sie benutzen.

Ein Becher weiß, wann er zum Trost gereicht wurde.
Ein Buch weiß, an welcher Stelle wir geweint haben.
Ein alter Mantel weiß, durch welchen Regen er mit uns gegangen ist.

Diese Dinge sind wie Zeitkapseln. Sie bewahren das, was wir selbst fast vergessen hätten. Ein Geruch. Ein Kratzer. Ein leises Echo. Sie erinnern uns an das, was wir oft zu spät begreifen: Dass Leben nicht in großen Gesten steckt, sondern im Alltäglichen. In der Gabel, die immer dieselbe war. In der Vase, die nie besonders schön aber immer da war.
In dem Tisch mit den Gebrauchsspuren Zeugen unzähliger Gespräche.

Vielleicht sollten wir öfter innehalten und die Dinge anschauen,
die uns umgeben. Nicht, weil sie teuer sind. Nicht, weil sie schön sind.
Sondern weil sie still und treu mit uns leben. Denn wenn wir gehen werden nicht nur wir erinnert. Auch

die Dinge erinnern sich. Und manchmal erzählen sie von uns, wenn wir längst still geworden sind.

Kapitel 10

Sonntage im Kopf – Die Rückkehr der Langsamkeit

Es gibt Tage, die riechen nach warmem Brot und Bohnerwachs.
Nach frisch gebrühtem Filterkaffee und Zeitungspapier.
Tage, an denen die Zeit nicht rennt sondern geht.
Barfuß. Und leise.

Der Sonntag war früher so ein Tag.
Ein heiliger Tag nicht nur im religiösen Sinn, sondern heilig im Gefühl:
unantastbar, entschleunigt, fast still.

Keine geöffneten Geschäfte. Keine Termine. Kein Lärm außer dem Ticken der Wanduhr und dem entfernten Bellen eines Hundes.

Der Vormittag gehörte dem Brötchenduft
und den Stimmen am Frühstückstisch.
Dem Butterstreichen. Dem Müßiggang.
Vielleicht lief im Hintergrund leise Musik oder das „Sonntagskonzert“ im Radio. Und dann: die Leere.
Aber es war eine gute Leere.

Ich erinnere mich an meine Kindheitssonntage.
Sie waren langsamer.
Länger.
Nicht, weil die Stunden anders gezählt wurden
sondern weil wir sie anders lebten.

Ein Spaziergang mit der Familie,
der Klang von Kirchenglocken,
eine Wolldecke auf dem Sofa,
während draußen der Regen ans Fenster tippte
wie ein alter Freund.

Manchmal frage ich mich,
wohin dieser Sonntag verschwunden ist.

Denn heute ist auch der Sonntag oft ein Samstag in Verkleidung.
Einkaufen. Durchscrollen. Aufholen.
Der Wochenschluss wird zum Vorbereitungsraum für den Montag.
Ein Puffer zwischen To-do-Liste und Pflichtgefühl.

Aber der Sonntag im Kopf, der lebt noch.

Er lässt sich wiederfinden. Nicht auf dem Kalender,
aber im Herzen.

Manchmal genügt ein Moment:
Eine Tasse Tee mit Blick aus dem Fenster.
Ein Mittagsschlaf, ganz ohne schlechtes Gewissen.
Ein Buch, das nicht weiterbringt sondern mitnimmt.

Langsamkeit ist heute ein Widerstand.
Gegen die Welt, die ruft: schneller, höher, weiter.

Der Sonntag war früher unser kollektiver Atemzug.
Heute müssen wir ihn uns zurückholen.

Denn in der Langsamkeit steckt Kraft.
Nicht die Kraft des Machenssondern des Seins.

Wir dürfen wieder lernen, dass Nichts-Tun nicht Faulheit ist,
sondern Pflege unserer Seele. Dass Langeweile keine Schwäche ist,
sondern ein Tor zur Fantasie. Dass Pausen nicht „unproduktiv“ sind,
sondern ein Statement gegen das Verschwinden im Strom.

Vielleicht sollten wir uns den Sonntag zurückholen. Nicht nur einmal in der Woche. Sondern immer dann, wenn wir merken: Ich hetze aber ich weiß gar nicht mehr, warum. Dann kann ein Sonntag im Kopf alles verändern. Ein kleines Ritual. Ein Telefonat ohne Ziel.
Ein Stück Kuchen, selbst gebacken,nur weil es duftet wie früher.

Denn manchmal ist Glück so einfach:
Eine Decke.Ein Kissen.Ein leiser Nachmittag.

Und das leise Wissen:
Ich muss jetzt nichts. Fällt oft schwer ist aber lernbar.

Ich darf einfach sein.

Kapitel 11

Zeit und Natur – Die heilende Kraft der Langsamkeit

Die Natur kennt keine Eile.
Sie wächst nicht schneller, wenn man sie drängt.
Sie heilt nicht im Akkord.
Sie blüht, wenn sie bereit ist.
Und verwelkt, wenn es Zeit ist.

Im Wald gelten andere Regeln.
Dort lebt die Zeit nicht in Minuten sondern in Moos,
in Jahresringen,
in Schatten, die sich verschieben,
ohne je laut zu werden.

Ich erinnere mich an einen Morgen im Frühling.
Der Boden noch feucht,
die Luft kühl und schwer vom Duft junger Knospen.
Kein Lärm.
Nur das Knacken eines Zweigs unter meinem Fuß,
das leise Summen eines Insekts,
der unsichtbare Flügelschlag eines Vogels irgendwo
weit oben im Laubdach.

In diesem Moment fiel mir auf: Die Natur drängt nicht.
Sie ist.

Wir leben in einer Welt, in der Leistung gleichgesetzt wird mit Tempo.
Doch im Wald ist das Gegenteil der Fall: Wer sich beeilt, sieht nichts.
Wer innehält, wird Teil von etwas Größerem. Ein Baum wächst nicht schneller, wenn du ihn anschaust und dennoch tut er es still, stetig, unaufdringlich.

Der Wald heilt,weil er keine Anforderungen stellt. Er erwartet nichts.
Er misst nicht. Er bewertet nicht. Er nimmt dich einfach auf.

Vielleicht ist es das, was uns so tief berührt, wenn wir durch die Natur gehen: Dass wir dort nicht funktionieren müssen. Leider mache ich das noch zu selten aber ich arbeite dran. Wir dürfen langsam sein. Wir dürfen müde sein. Wir dürfen einfach gehen ohne Ziel, ohne Plan, ohne Empfang.

Während wir durch das Grün streifen beginnt etwas in uns zu atmen.Tiefer.Ruhiger.Echter.

Die Gedanken verlieren an Geschwindigkeit.
Der Puls wird weich und manchmal, nach einer Stunde im Wald,
wissen wir plötzlich wieder, was uns wirklich wichtig ist, ganz ohne dass uns jemand gefragt hätte.Die Natur erinnert uns daran, dass Zeit nicht unser Feind ist. Dass Stillstand nicht Rückschritt ist und dass Heilung Zeit braucht genau wie jedes Blatt, das im Frühling wieder geboren wird. Vielleicht sollten wir

öfter dem Ruf der Bäume folgen. Nicht, weil wir Antworten suchen sondern weil wir Fragen mitbringen, die sich nur in der Stille lösen lassen.

Denn dort, wo kein Netz ist, ist oft die beste Verbindung zu uns selbst.

Kapitel 12

Zeit für das Wesentliche – Was am Ende wirklich zählt

Wenn wir alt werden, wirklich alt dann bleiben uns nicht viele Dinge.
Nicht das Konto. Nicht die Karriere. Nicht die Termine im Kalender.

Es bleiben:
Ein paar Gesichter.Ein paar Sätze.Ein paar Momente,
die wir mit dem Herzen abgespeichert haben. Die Zeit lehrt uns mit den Jahren, was wirklich Gewicht hat und was nur laut war. Es war nie das große Auto. Nie das übervolle Regal. Nie die perfekt getaktete Woche. Es war: Die Hand auf deinem Rücken,als du gezweifelt hast.

Die Stimme, die sagte: Ich bin da. Der Tag, an dem du jemandem verziehen hast oder dir selbst. Das

Wesentliche ist selten laut. Es flüstert. Es drängt sich nicht auf. Aber es bleibt. Beharrlich. Still. Ehrlich.

Ich erinnere mich an einen alten Mann, der in einem Pflegeheim lebte. Sein Zimmer war karg, ein paar Bilder, ein Stuhl, ein kleiner Schrank.
Aber auf seinem Nachttisch: Ein zerknitterter Brief. Ein Stofftier, das nach Kindheit roch und ein Foto auf dem er lachte, nicht wegen der Kamera, sondern wegen des Lebens. Er sagte zu mir: Am Ende willst du kein Mehr. Du willst Tiefe.
Und ich vergesse diesen Satz nicht.

Denn er hatte recht.

Wenn wir keine Zeit mehr verschwenden wollen, dann suchen wir nicht nach Neuem sondern nach Sinn. Das Wesentliche ist nicht schwer zu finden wir übersehen es nur oft, weil wir nach Glanz suchen, statt nach Wärme.

Es liegt im Guten-Morgen-Kuss. Im Lächeln beim Bäcker. Im ehrlichen „Wie geht's dir?“ und in der Antwort, die wirklich gehört wird.

Zeit für das Wesentliche zu habe heißt oft: Nein zu sagen. Zu Dingen. Zu Menschen. Zu Erwartungen. Aber dieses Nein ist ein Ja zu dir selbst.

Ich frage mich oft: Was bleibt von mir? und vielleicht ist die Antwort nicht in Büchern, nicht in Worten, nicht in Dingen. Vielleicht ist sie in einem Gefühl, das ich hinterlasse. In einem Lachen, das ich ausgelöst habe.In einem Menschen, der sich gesehen fühlte.

Denn am Ende zählt nicht,
wie viele Tage wir hatten sondern wie viele davon wir wirklich gelebt haben.

Und das Leben, Ihr lieben Leser,
beginnt genau da, wo wir das Unwesentliche loslassen.

Kapitel 13

Der Moment – Die kleinste Einheit von Ewigkeit

Was ist ein Moment?

Ist es ein Wimpernschlag, ein Atemzug oder ein Lachen, das zu kurz ist,
um es festzuhalten und doch zu stark, um es zu vergessen.Ein Moment ist nicht messbar, nicht planbar, nicht wiederholbar. Er ist einfach da und dann ist er schon wieder weg.

Wir jagen oft nach großen Zeiten: dem perfekten Urlaub, dem Karrierehöhepunkt oder dem einfach perfekten was auch immer.

Aber während wir planen, verpassen wir ihn: den Moment. Jenen flüchtigen Augenblick, in dem alles stimmt – nicht, weil es perfekt ist,
sondern weil wir anwesend und da sind.

Ich erinnere mich an einen Nachmittag, gibt eigentlich ab und zu welche,
an dem nichts geschah und genau das war sein Zauber.

Ich saß auf der Terrasse, eine Tasse in der Hand,
meine Frau las still neben mir,
die Katzen dösten im warmen Licht,
und der Wind spielte mit dem Vorhang der Garagentür wie ein Kind,
das keine Eile kennt.

Dieser Moment dauerte vielleicht drei Minuten.
Aber es war ein toller Augenblick und keine ahnung wieso, er war da.

Solche oder auch andere Momente lassen sich nicht kaufen. Nicht sammeln. Nicht wiederholen. Sie entstehen einfach, wenn wir aufhören, sie festhalten zu wollen.

Wenn wir einfach da sind. Wach. Offen. Verletzlich und bereit, uns berühren zu lassen. Ein Sonnenstrahl fällt durch ein Fenster –
und wir halten inne. Ein Fremder hilft uns wortlos und

wir glauben wieder an das gute im Menschen. So klein. So mächtig. So leicht zu übersehen.

Vielleicht ist ein Moment die kleinste Form von Ewigkeit.
Nicht weil er dauert sondern weil er bleibt. In uns.
Wenn du alt bist,
wirst du keine Tage zählen. Du wirst dich an Momente erinnern.

An den ersten Kuss.
An das erste „Ich liebe dich".
An die Stille vor einer Entscheidung.
An den Blick aus dem Fenster,
als du wusstest: Ich bin angekommen und hier bleib ich

Der Moment ist das Einzige, das immer da ist aber nur bleibt,
wenn du ihn siehst. Vielleicht wenn wir ihn ehren,
wenn wir ihn wirklich spüren dann dehnt er sich.
Dann wird aus einem Wimpernschlag ein Zuhause.
Ich liebe unser Zuhause.

Kapitel 14

Zeit und Zärtlichkeit – Die sanften Seiten des Lebens

Es gibt Zeiten, da brauchen wir keine Antworten. Keinen Plan. Keine Lösung. Nur eine Hand. Ein leises „Ich bin hier". Einen Blick, der nicht fragt sondern einfach bleibt. Zärtlichkeit hat keine Eile. Sie ist langsam, achtsam und am liebsten weich.

Und gerade deshalb ist sie stark.

Wir leben in einer Welt die das Laute belohnt. Das Schnelle. Das Effiziente. Das Sichtbare. Aber das, was wirklich berührt, ist oft kaum wahrnehmbar: Ein Lächeln im Vorbeigehen. Ein Streichen über den Arm.
Ein warmer Ton in der Stimme. Ein „Wie geht's dir?" und das Gefühl,
dass es ernst gemeint ist.

Zärtlichkeit ist Zeit,
die nicht drängt. Sie setzt sich zu dir. Sie hört zu. Sie urteilt nicht. Sie will nichts verändern nur da sein. Ich erinnere mich an einen Moment:
Eine Patientin, alt, schwach, ihre Haut wie Papier. Ich legte nur meine Hand auf ihre. Keine Worte. Aber ihr Blick sagte alles.

„Danke, dass ich noch jemand bin."

Zärtlichkeit schenkt Würde. Gerade in einer Zeit, in der vieles funktional,
aber so wenig fühlbar geworden ist. Sie braucht keine Bühne. Sie geschieht in den Zwischenräumen. In der Art, wie man ein Glas Wasser hinstellt. Wie man zuhört. Wie man schweigt nicht aus Desinteresse,
sondern aus Achtung. Zeit ist zärtlich, wenn wir sie nicht vollstopfen.
Wenn wir ihr erlauben, weich zu werden. Wenn wir

ihr Raum geben,
sich auf die feinen Dinge zu konzentrieren: einen Sonnenuntergang.
Ein runzelndes Lächeln. Ein Lied, das uns erinnert.
Einen Moment der Nähe.

Vielleicht, wenn wir irgendwann gehen wird niemand von unseren Erfolgen erzählen. Aber jemand wird sagen: Bei ihm fühlte ich mich sicher. Oder: Sie war warm. Oder einfach nur: Er war da.

Das ist Zärtlichkeit.
Und das ist es,
was bleibt.

Kapitel 15

Zeit und Krankheit – Wenn der Körper langsamer wird

Dann gibt's noch die Krankheit sie verändert alles.
Nicht nur den Körper.
Auch den Takt des Lebens. Plötzlich wird das Aufstehen zur Aufgabe.
Das Zähneputzen zur Leistung. Der Weg zum Briefkasten zu einem kleinen Marsch. Was früher selbstverständlich war, fordert nun Aufmerksamkeit. Geduld. Demut und Hilfe.

Die Zeit, die vorher raste, verlangsamt sich. Nicht freiwillig. Aber spürbar.

Ein Tag hat nicht mehr 24 Stunden sondern viele kleine Abschnitte:
Schmerzen. Pausen. Hoffnungen. Rückschläge.

Zwischen all dem: Warten. Auf Besserung. Auf Diagnose. Auf eine helfende Hand. Manchmal einfach nur auf den nächsten Morgen.Krankheit macht uns verletzlich. Sie nimmt uns Kontrolle. Tempo. Manchmal auch Stolz. Doch in dieser Entblößung liegt auch etwas Echtes. Eine neue Form der Achtsamkeit. Eine andere Wahrnehmung von Zeit.

Ich habe Menschen begleitet, die mit Krankheit lebten –
nicht gegen sie. Die nicht kämpften, sondern koexistierten.
Die ihre Grenzen kannten und ihren Tag danach ausrichteten –
nicht mit Trotz, sondern mit Würde. Ein Patient sagte einmal zu mir:
„Ich kann weniger – aber ich bin mehr."
Und dieser Satz blieb mir. Weil er zeigt: Krankheit reduziert nicht zwangsläufig. Manchmal fokussiert sie. Sie schält uns frei von Ablenkung, von Unwichtigem. Sie zeigt, wer bei uns bleibt, wenn wir nichts mehr leisten. Der langsame Körper zwingt uns, genauer hinzusehen. Zärtlicher zu werden. Geduldiger auch mit uns selbst.

Er erinnert uns daran, das Gesundheit keine Selbstverständlichkeit ist,
sondern ein Geschenk. Täglich. Still. Unscheinbar.

Wenn sie fehlt,
merken wir, wie sehr sie alles durchdringt. Die Zeit in der Krankheit ist nicht leer. Sie ist gefüllt mit anderen Inhalten: Mut. Angst. Trost.
Dankbarkeit für kleine Fortschritte.

Ein Lächeln am Morgen. Ein schmerzfreier Moment. Ein Sonnenstrahl auf der Bettdecke. Ein vertrautes Gesicht am Krankenbett. Vielleicht ist genau das die versteckte Tiefe: Dass Krankheit zwar lähmt aber zugleich schärft. Für das Wesentliche. Für das Jetzt. Für das, was wirklich zählt.

Nicht mehr schnell. Nicht mehr stark. Aber wahrhaftig und da.

Kapitel 16

Zeit und Beziehung – Nähe im Wandel der Jahre

Liebe beginnt oft laut. Mit Herzklopfen. Mit Sehnsucht. Mit flackernden Blicken und zittrigen Händen. Sie ist jung, schnell, euphorisch. Ein Rausch. Ein Feuer. Ein Versprechen. Doch mit der Zeit verändert sie sich. Sie wird leiser. Tiefer. Erdiger.

Was bleibt,
wenn der erste Sturm vergangen ist?

Nicht mehr die wilden Nächte, sondern die ruhigen Morgen.
Nicht mehr die Dramatik, sondern das Verlässliche.
Nicht mehr das ständige „Ich liebe dich“, sondern das unausgesprochene „Ich bin da“.

Eine Beziehung, die Jahre überdauert, kennt nicht nur Höhen.Sie kennt auch Müdigkeit. Missverständnisse.Stillstand und Zweifel.

Aber gerade darin liegt ihre Kraft:
Dass sie nicht beim ersten Windstoß zerbricht.
Sondern sich biegt wie ein Baum, der gelernt hat, im Sturm nachzugeben, ohne zu fallen. Genau wie wir.

Ich denke oft an Marion und mich. An all die Zeiten, die wir geteilt haben.
Nicht nur die schönen –
auch die herausfordernden.
Gerade die.

Denn Liebe wächst nicht nur an glücklichen Tagen.
Sondern auch dort,
wo man sich anschweigt aber bleibt.

Wo man sich nicht versteht aber nicht aufgibt.

Wo man gemeinsam durch die Dunkelheit geht,
statt sich vor dem Licht zu verstecken.

Beziehung ist Zeit. Gemeinsame Zeit. Gelebte Zeit und auch verschwendete Zeit aber miteinander. Das ist das wichtigste.

Es geht nicht um perfekte Kommunikation, sondern um das Vertrauen,
dass man sich wiederfindet auch nach einem Streit,
auch nach einer Pause.

Mit den Jahren verändert sich Nähe. Sie wird weniger körperlich,
aber dafür seelischer. Ein Blick genügt. Ein Lächeln. Ein leises „Ich weiß“. Man kennt die Eigenheiten des anderen, die Schatten, die Schwächen und liebt nicht trotz, sondern mit ihnen.

Das größte Geschenk einer langen Beziehung ist nicht,
dass man sich immer einig ist sondern dass man gelernt hat,
einander auszuhalten.
Mit Respekt.
Mit Nachsicht.
Mit Humor.

Zeit in einer Beziehung ist wie Wasser, das Steine rund schleift.
Nicht mit Gewalt. Sondern mit Geduld und irgendwann ist da kein „du und ich“ mehr sondern ein „wir“.
Nicht als Besitz. Sondern als Verbindung. Stark. Still aber vor allem Unverzichtbar.

Kapitel 17

Die Zeit des Alterns – Wenn die Jahre leiser werden

Es beginnt leise.

Nicht mit einem Knall. Nicht mit einem Ereignis.
Sondern mit einem leichten Ziehen im Rücken. Mit einem Moment der Vergesslichkeit.
Mit dem Gedanken: Früher war das einfacher. Altern ist kein Bruch.
Es ist ein Übergang. Ein feines Verblassen der Schnelligkeit,
ein Zunehmen der Tiefe.

Die Zeit wird langsamer aber auch voller.

Die Nächte sind nicht mehr lang, aber die Gedanken intensiver.
Die Schritte bedächtiger, aber die Gespräche bedeutungsvoller.

Man lacht seltener aber ehrlicher.
Man liebt anders aber wahrhaftiger.

Ich glaube, das Alter bringt eine neue Würde mit sich. Nicht, weil alles leichter wird sondern weil wir wissen, was zählt. Wir haben vieles gesehen, vieles verloren, vieles gelernt. Wir tragen Falten wie Landkarten, die unsere Reisen zeigen. Nicht nur die äußeren sondern auch die inneren.

Der Blick zurück wird häufiger, aber nicht wehmütiger. Wir erinnern uns nicht, weil wir nicht loslassen können sondern weil wir dankbar sind.

Für das, was war.
Für das, was geblieben ist.
Für das, was nie mehr kommt und doch nicht verloren ist.

Das Alter bringt uns auch näher zu uns selbst. Wir müssen nichts mehr beweisen. Keine Rollen mehr spielen. Keine Masken mehr tragen. Wir dürfen so sein, wie wir sind mit all unserer Geschichte, unserem Stolz, unserer Müdigkeit, unserer Liebe.

Aber manchmal in ganz stillen Momenten fühlt es sich an,
als wären wir wieder Kind. Nicht körperlich, aber im Herzen.

Staunend. Empfänglich. Im Jetzt. Altern ist nicht das Ende es ist ein anderer Anfang.

Einer, der leise spricht. Der fragt: Was willst du noch sagen,
Was willst du noch schenken, Wen willst du umarmen jetzt, wo du weißt, dass Zeit ein Schatz ist.
Vielleicht ist das das größte Geschenk des Alters:
Die Erkenntnis, dass es nicht um Länge ging sondern um Tiefe.
Nicht um Anzahl sondern um Bedeutung.

Dass am Ende nicht zählt, wie viele Kerzen auf dem Kuchen brennen sondern wie viele Herzen du berührt hast.

Kapitel 18

Was bleibt – Ein stilles Nachwort an die Zeit

Liebe Zeit,

du warst nie greifbar.
Nie zu fassen, nie zu halten.
Du bist mir durch die Finger geglitten wie Wasser.
Doch du hast mich geformt.

Ich habe dich oft verflucht,
wenn du nicht gereicht hast.
Wenn du gerast bist,
als ich stehen bleiben wollte.
Wenn du gezögert hast,
wo ich dich gebraucht hätte.

Aber je älter ich wurde, desto mehr habe ich verstanden:
Du warst immer da. Du warst fair auch wenn es sich nicht immer so anfühlte. Du warst der Klang meines ersten Schreis.
Der Takt meiner Schritte. Der Rhythmus meines Herzens.

Du warst der stille Zeuge meiner Wege hast mich begleitet,
durch Jubel und Stille, durch Geburt und Abschied, durch Lachen und Weinen. Du warst nicht mein Besitz.
Aber du warst mein Geschenk.

Ich habe dich zu oft verschwendet für Sorgen, für Ärger,

für das Streben nach Dingen, die keine Wärme schenken.

Aber du hast mir auch immer wieder neue Blätter gereicht unbeschrieben, voller Möglichkeiten. Oft genutzt aber auch leider sehr oft ungenutzt. Du warst großzügig. Geduldig und erbarmungslos ehrlich.

Jetzt, am Ende dieses Buches nicht am Ende des Lebens möchte ich dir danken.

Für jede Stunde, die sich ewig anfühlte.
Für jeden Moment, der mein Herz berührte.
Für jede Erinnerung, die du in mir gespeichert hast.

Du hast mich gelehrt, dass es nie zu früh ist, mit dem Leben zu beginnen. Es nie zu spät ist, sich zu verändern. Ich weiß, du wirst weitergehen auch ohne mich.

Du wirst neue Geschichten begleiten. Neue Namen tragen.
Neue Leben führen und das ist auch gut so.
Denn du gehörst niemandem.
Und doch jedem.

Was bleibt?

Ein leises Lächeln.
Ein paar Seiten voller Gedanken.
Ein Gefühl dass ich da war.
Dass ich gelebt habe.
Dass ich geliebt habe.

Dass ich mit dir, Zeit meinen Weg gegangen bin.

In Achtung.
In Dankbarkeit.
In Frieden.

Hans

Nachwort

Ein letztes Wort an meine Leser und an mich selbst

Wenn du bis hierher gelesen hast, dann hast du dir Zeit genommen.
Und mehr noch:
Du hast dich auf etwas eingelassen,was man heute kaum noch tut das Verweilen. Das Lauschen. Das stille Mitgehen.

Dieses Buch ist kein Ratgeber. Keine Anleitung. Kein System zur Optimierung des Lebens.

Es ist ein Spaziergang. Ein Blick zurück. Ein Innehalten im Strom der Welt.

Ich habe geschrieben, weil ich etwas bewahren wollte. Nicht nur Erinnerungen sondern ein Gefühl.

Das Gefühl, dass Zeit etwas Wertvolles ist. Etwas, das nicht laut schreit,
sondern flüstert. Ich wollte Worte finden für das, was oft unausgesprochen bleibt. Für das, was wir spüren, wenn wir nachts wach liegen, wenn wir alte Fotos durchblättern, wenn wir jemandem die Hand halten und wissen, dass dieser Moment nicht wiederkehrt.

Vielleicht hat dieses Buch keine Lösung. Aber es hat eine Richtung:
Zurück zum Wesentlichen. Zurück zum Menschlichen. Zurück zu dem,
was bleibt, wenn alles andere gegangen ist.

Ich danke dir, dass du mich auf diesem Weg begleitet hast.
Als Leser.
Als Mensch.
Vielleicht als jemand, der sich selbst darin wiedergefunden hat.

Und ich danke der Zeit die mir erlaubt hat, dieses Buch zu schreiben.
Die mich geformt hat, mit all ihren Höhen und Tiefen, mit ihrem leisen Wandel.

Denn am Ende bleibt nicht, was wir hatten sondern wie wir waren.

Wenn dieses Buch in dir etwas geöffnet hat –
ein Fenster, eine Erinnerung, eine neue Sicht auf das Jetzt –
dann war es jede Zeile wert.

Bleib achtsam.
Bleib wach.
Und nimm dir Zeit für das, was zählt.

Hans J. Hahn

Impressum

Rütscherstraße 4
52072 Aachen
Deutschland

E-Mail: hansjhahnautor@gmail.com

ISBN: 9798310579958

Druck und Vertrieb: Amazon Kindle Direct Publishing

Printed in Poland
by Amazon Fulfillment
Poland Sp. z o.o., Wrocław

56828326R00032